LOS BIBLIONAUTAS
EN EL ESPACIO

1.ª edición: marzo 2018

Dirección de la colección: Olga Escobar

© Del texto: Ana Alonso, 2018
© De las ilustraciones: Patricia G. Serrano, 2018
© Grupo Anaya, S. A., 2018
Juan Ignacio Luca de Tena, 15. 28027 Madrid
www.anayainfantilyjuvenil.com
www.pizcadesal.es
e-mail: anayainfantilyjuvenil@anaya.es

Diseño de cubierta:
Miguel Ángel Pacheco y Javier Serrano

ISBN: 978-84-698-3636-1
Depósito legal: M. 712/2018
Impreso en España - Printed in Spain

Las normas ortográficas seguidas son las establecidas por la Real Academia
Española en la *Ortografía de la lengua española,* publicada en 2010.

LOS BIBLIONAUTAS EN EL ESPACIO

Ana Alonso

Ilustraciones de
Patricia G. Serrano

ANAYA

Esta es una divertida historia de los Biblionautas.
Ellos son como los cosmonautas, pero no viajan
por el espacio, sino al interior de los libros.

Lunila, la capitana, se encarga de organizar
los viajes y de animar a su equipo a divertirse
con la lectura.

Magnus es un ratón de biblioteca. Sabe un montón
de cosas y le encanta enseñárselas a los demás.

Kapek es un robot, y, como todos los robots,
a veces no entiende lo que dicen los seres humanos.

Pizca se lo pasa tan bien con los libros que cuando
está leyendo se olvida de todo: de merendar,
de hacer los deberes... ¡Es tan despistado!

Hace una noche preciosa de verano.

Los Biblionautas han salido al jardín después de cenar. En el cielo brilla, redonda, la Luna. También se ven muchas estrellas.

—¡Cómo me gusta la luz de la Luna! —dice Pizca—. Es plateada. ¿Sabéis lo que quiero? Ir a la Luna y tumbarme en su suelo de plata fría. ¡Se estará muy fresquito!

—Pizca, el suelo de la Luna no es de plata —explica Magnus—. ¡Es de rocas!

—¡Eso es imposible! —dice Pizca—. Las rocas no brillan tanto. Si la Luna no es de plata, será como una lámpara gigante.

—No es ninguna lámpara gigante —dice Lunila—. Es de roca, como la Tierra, solo que más pequeña. Y gira alrededor de la Tierra.

—¡Mentira! Estáis gastándome una broma —se enfada Pizca—. Yo sé que la Luna es de plata y que además cambia de forma. Unas veces es redonda, otras parece una «C»...

—¡No cambia de forma! —exclama Kapek—. Siempre es redonda. Pero cuando el Sol ilumina solo un trozo de la Luna, la vemos con forma de «C».

—No me creo nada de lo que decís —dice Pizca—. Y para demostrároslo, voy a traer un libro del espacio. Viajaremos a la Luna metiéndonos en él. ¡Ya veréis como es de plata!

Pizca trae un libro del espacio. Los Biblionautas utilizan su magia para meterse dentro.

Solo tienen que repetir tres veces el título y dejar que sus ojos se llenen de estrellas de colores.

Los Biblionautas aterrizan directamente
en la Luna. Pizca mira a su alrededor.

—No puede ser —dice—. Todo es roca, no hay
plantas, ni casas ni nada.

—Claro. Es que en la Luna no vive nadie, porque
no hay aire. No se puede respirar —le explica
Magnus—. Nosotros sí podemos porque somos
mágicos.

—¿Y qué son esos agujeros que hay en el suelo?
—pregunta Pizca.

—Se llaman cráteres. La Luna está llena de ellos. Se forman cuando caen piedras del cielo —dice Kapek—. Esas piedras se llaman meteoritos.

—¡Anda! —dice Pizca—. ¡Qué peligro! Pero mirad, ¿qué es esa otra Luna gigante que se ve ahí arriba? Es azul con manchas marrones y blancas...

—Pizca, eso es la Tierra —explica Lunila—. Desde la Luna se ve así.

Pizca y sus compañeros tienen mucho frío, así que se ponen a saltar para entrar en calor.

Lo curioso es que cada vez que saltan llegan muy, muy alto. Y tardan un buen rato en caer al suelo.

—¡Qué divertido es saltar en la Luna! —dice Lunila.

—Está muy bien, pero yo ahora quiero cambiar de página —contesta Pizca—. Quiero visitar el Sol. Allí seguro que se está más calentito.

—¡Tan calentito que te achicharrarías! —dice Magnus—. El Sol es una estrella, y está mucho más caliente que un horno. No se puede pisar.

—¡Bobadas! Yo quiero ir a ver —insiste Pizca.

Así que dice las palabras mágicas:

—¡Cambio de página!

Todos los Biblionautas se encuentran de repente muy cerca del Sol, que parece una gran bola de fuego. De vez en cuando, de la bola se escapan grandes llamaradas. El calor es asfixiante.

—¡Uf, tenías razón, Magnus! —dice Pizca—. Vamos a otro sitio más fresquito. ¿Qué tal Venus? Es la primera estrella que sale por la tarde, y parece también de plata.

—Pues no es de plata ni tiene luz, Pizca —explica Lunila—. Es un planeta, igual que la Tierra. Y gira alrededor del Sol, igual que la Tierra. Solo que está mucho más cerca del Sol, y también hace muchísimo calor.

Pizca está empezando a cansarse de que le estropeen todos los planes.

—Vale, pues si Venus es un planeta me iré a una estrella de verdad. ¡Hay muchísimas! Decidme una que esté bien.

—Pues... No sé. Sirio, por ejemplo —dice Kapek.

—¡Vámonos a Sirio! ¡Cambio de página! —grita Pizca.

Todos cambian de página otra vez y se encuentran flotando no muy lejos de la estrella Sirio.

Vista de cerca es todavía más grande que el Sol. La luz es deslumbrante, de un color blanco azulado. Y desprende muchísimo calor.

—¡Pero si no tiene forma de estrella ni nada! —dice Pizca, desilusionado.

—Las estrellas de verdad no tienen forma de estrella —dice Lunila—. Son bolas de fuego gigantes. Y todas son grandísimas.

—Entonces ¿por qué las vemos tan pequeñas? —pregunta Pizca.

—Porque están muy lejos de nosotros.

—¿Más lejos que Venus? Si se ven más o menos igual...

—Muchísimo más lejos que Venus. Pero Venus es muy pequeño comparado con las estrellas. Por eso se ven parecidos —explica Kapek.

—Cuando mires al cielo, hay un truco para distinguir las estrellas de los planetas —cuenta Magnus—: si su luz tiembla o parpadea, es que son estrellas; si no tiembla, es que son planetas.

—Bueno, vámonos de esta página, que la estrella Sirio me está quemando los agujeros de la cabeza —dice Pizca—. ¿Visitamos las otras páginas del libro, a ver qué hay?

La siguiente parada es Marte, un planeta rojo y polvoriento. Tiene dos lunas pequeñas que parecen dos patatas viejas.

Después van a la página de Júpiter, que es el planeta más grande del sistema solar. Es un planeta de rayas blancas y marrones.

Pizca quiere saltar dentro de la Gran Mancha Roja, pero los demás lo convencen para que no lo haga. La Gran Mancha Roja de Júpiter es una tormenta gigante.

Júpiter tiene un montón de lunas. Casi todas están cubiertas de hielo. Algunas tienen volcanes. Son muy extrañas.

Pero en la siguiente página del libro los Biblionautas se encuentran con algo más extraño todavía.

Es Saturno, un planeta muy grande, aunque no tanto como Júpiter. A su alrededor hay un anillo ancho y plateado.

—¡Por fin un sitio de plata para tumbarme a descansar! —dice Pizca.

—No creo que puedas tumbarte ahí, Pizca
—dice Magnus—. Fíjate bien. Si nos acercamos,
se ve el anillo. Está hecho de piedras blancas.
Pero en realidad no son piedras, son trozos
de hielo.

—¡Madre mía, qué difícil es encontrar un lugar
cómodo en el espacio para descansar! —dice Pizca
desanimado—. En unos sitios hace muchísimo
frío, en otros muchísimo calor... ¡Y no hay plantas,
ni animales ni gente por ninguna parte!

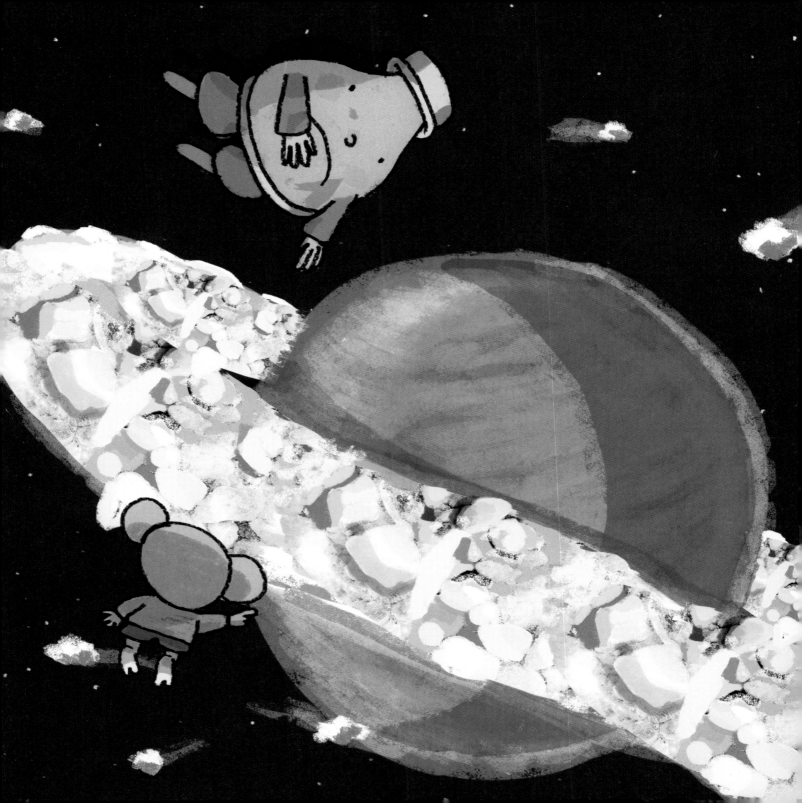

—Claro, Pizca. El único planeta con seres vivos en todo el sistema solar es la Tierra —explica Lunila.

—Pero ¿y los extraterrestres que salen en las películas y en los videojuegos? —pregunta Pizca asombrado.

—Son inventados, Pizca —aclara Magnus—. No existen de verdad. Hasta ahora no se ha encontrado vida en ningún lugar del espacio fuera de la Tierra.

—Pues entonces, creo que prefiero volver a la Tierra —dice Pizca—. Todo lo que hemos visto está muy bien, pero es un poco solitario.

Sus amigos están de acuerdo. Ha llegado el momento de volver a casa.

De nuevo en su jardín, Pizca mira la Luna.

—Casi me gusta más ahora que antes —dice.

—Es lo que pasa siempre —contesta Magnus sonriendo—. Cuando sabemos algo sobre una cosa, ¡empieza a gustarnos más!

Cómo usar la colección

GUÍA PARA PADRES Y EDUCADORES

PEQUEPIZCA es una colección pensada para los niños que se están iniciando en la lectura. La introducción progresiva y acumulativa de los fonemas del español hará que se vayan familiarizando poco a poco con la ortografía de nuestra lengua. Al mismo tiempo, sus divertidas historias e ilustraciones facilitarán de un modo natural el hábito lector.

Si el niño está todavía aprendiendo a leer, convendría seguir los títulos de la colección por orden, empezando por el nivel más sencillo para ir progresando. Si ya conoce todos los fonemas, los libros pueden leerse en cualquier orden, aunque sin olvidar los distintos niveles de dificultad.

A la hora de ayudar a un niño a iniciarse en la lectura, hay que tener en cuenta:

- El método de lectoescritura que están utilizando en el colegio. Si ha aprendido primero las mayúsculas, debemos animarle a que empiece leyendo los textos en mayúsculas. Si ha empezado por las minúsculas, es preferible que empiece con los textos con letra manuscrita. Con los títulos en letra de imprenta (introducción de grupos consonánticos), irá adquiriendo soltura al leer y afianzando el hábito lector.
- Algunos niños aprenden fácilmente a relacionar los sonidos con las letras, mientras que otros tienen un estilo de aprendizaje más visual y tienden a reconocer palabras enteras. Sea cual sea su forma de aprender, debemos respetarlo y animarlo en su progreso.
- Por último, si el niño se fija primero en la ilustración, la comenta y «se inventa» el texto, no debemos regañarle, sino animarle a comparar lo que él ha dicho con lo que realmente pone en el libro. Fomentar la lectura interpretativa es bueno.

Leamos con él, respetando su ritmo, escuchándole y ofreciéndole nuestra ayuda si la requiere. Hagamos de la LECTURA una experiencia placentera para que poco a poco se convierta en un hábito.

Títulos publicados

LOLA Y EL OSO	*a e i o u y* (nexo y vocálica) *l m s p n*
LOLA TIENE UN DON	se añaden: *t d ca co cu*
EL MAPA ENCANTADO	se añaden: *que qui*
EL HADA LISA	se añade: *h*
MAT Y LA FAMA	se añaden: *f g (ga go gu gue gui)*
UN COCHE PARA JULIA	se añaden: *g (ge, gi) j ch r (-r-)*
MAT ES UN SUPERGATO	se añaden: *r (-rr-)*
EL POZO MISTERIOSO	se añaden: *z c (ce ci)*
EL PARTIDO DE FÚTBOL	se añaden: *b v*
LA LLAVE DEL CASTILLO	se añaden: *ll ñ x*
¿DÓNDE ESTÁ MI ABRIGO?	se añaden los grupos consonánticos: *bl br*
¡SIEMPRE LO MISMO!	se añaden los grupos consonánticos: *pl pr*
VAMOS EN EL TREN	se añade el grupo consonántico: *tr*
LA FIESTA DE DISFRACES	se añaden los grupos consonánticos: *fr fl*
LOS BIBLIONAUTAS EN EGIPTO	incluye vocabulario sobre el antiguo Egipto
LOS BIBLIONAUTAS VIAJAN A LA PREHISTORIA	incluye vocabulario sobre la Edad de Piedra
LOS BIBLIONAUTAS EN EL ESPACIO	incluye vocabulario sobre el universo